DU

PROGRÈS

H. BARBEDETTE

POITIERS

IMPRIMERIE DE HENRI OUDIN,

RUE DE L'ÉPERON, 4.

1856

DU

PROGRÈS

H. BARBEDETTE

POITIERS

IMPRIMERIE DE HENRI OUDIN,

RUE DE L'ÉPERON, 4.

1856

I.

...... En présence des bouleversements présentés par les dernières années du demi-siècle qui vient de finir, on se rappelle encore combien de nobles esprits furent émus. Voyant ébranlées autour d'eux toutes les bases de l'ordre social : un Souverain-Pontife renversé de sa chaire, les rois fuyant de toutes parts devant les peuples ameutés, la licence usurpant le saint nom de Liberté, les passions déchaînées, la foi détrônée, les dogmes flétris, ils se prirent d'un amer découragement. Après avoir accueilli avec enthousiasme, répandu avec amour les brillantes théories de progrès issues du mouvement intellectuel du siècle dernier, désillusionnés, contrits, on les vit faire amende honorable de leurs anciennes convictions, ou s'ensevelir dans le silence. Ceux-ci doutaient de la Providence, ils étaient ingrats !

A côté d'eux, on a vu une génération ardente, conduite par d'aveugles sectaires, marchant à un but implacable, sans s'inquiéter des ruines qu'elle pouvait amonceler sous ses pas, déifiant la raison humaine, proscrivant le dogme révélé, abattant la statue de ces faux dieux qu'on appelle l'autorité, le devoir, se faisant juge de sa propre légitimité, sans songer qu'en invoquant la liberté, elle évoquait la licence la plus désordonnée; on l'entendait crier à la foule ébahie et séduite : Suivez-moi au banquet de l'avenir! le monde actuel est mauvais; qu'il périsse, et sur ses ruines nous édifierons un monde nouveau, où chacun aura sa part des terrestres voluptés; monde sans prêtres, sans rois, sans juges, marchant de lui-même, séduisant comme un rêve et beau comme l'espérance. Ceux-là voulaient refaire l'œuvre de Dieu, ils étaient impies!

Entre ces amers découragements et ces aspirations insensées, où est la vérité?

La vérité est que Dieu conduit le monde et que ses desseins sont parfois impénétrables. Mais, comme Dieu est avant tout l'éternelle justice, et qu'il a mis un reflet de cette justice au fond de la conscience humaine, il ne sera pas toujours impossible à l'homme de s'expliquer à lui-même les règles suivant lesquelles la Providence intervient dans les intérêts terrestres.

Il se dira qu'avec la conscience du bien et du mal, Dieu lui a donné le libre arbitre; qu'en raison de ce libre arbitre, chacune de ses actions sera pesée au tribunal suprême. Le bien appellera sa récompense, le mal son châtiment; et comme, en même temps, lui a été révélée la notion de la vie future, peu importe que cette récompense ou ce châtiment aient lieu en ce monde. L'éternité appartient à Dieu, pour l'exécution de ses jugements.

Il n'en sera pas ainsi des sociétés; — en dehors du monde, une seconde vie n'existe pas pour elles, et si pour l'homme, le châtiment peut s'ajourner au delà de la tombe, pour les sociétés l'expiation est nécessairement terrestre.

Peut-être les révolutions ne sont-elles autre chose que cette expiation; et, comme tout châtiment est une œuvre de justice salutaire en soi, peut-être s'expliquera-t-on aussi les heureux résultats que parfois elles ont pu produire!

L'invasion des barbares fit expier au monde romain sa perversité et sa corruption ; mais, des ruines accumulées par ce cataclysme sortit radieuse l'Eglise chrétienne du moyen âge.

A côté de l'Église, règne de l'esprit, se constitua la féodalité, règne de la chair. De la combinaison de ces deux éléments, ressortit un moment le seul type complet d'institutions sociales que présente l'histoire. Venue après le chaos des siècles passés, la féodalité eût pu réaliser un règne merveilleux de justice et de paix. Malheureusement, l'élément matériel, la force, l'emporta, et l'édifice dut crouler, non sans déchirement et souffrances.

Ici, se montre le doigt de Dieu! du sein de la féodalité elle-même sort le principe qui doit l'absorber. — Un petit seigneur du duché de France, le plus faible de tous, fonde, à l'ombre de l'Église, l'œuvre de la monarchie française, œuvre de liberté et d'émancipation. On voit la royauté doter progressivement la nation des franchises qu'appellent ses besoins.

Mais, à mesure que les intermédiaires disparaissent entre les peuples et les rois, une espèce de solidarité s'établit entre eux, la moralité des gouvernants fait la moralité des gouvernés, et les expiations leur sont parfois communes.

C'est ainsi que les désordres de Louis XV préparent le mouvement révolutionnaire et appellent les horreurs de 93. —Mais, après les malheurs de ces temps, ce qu'il y avait de pur et d'honnête dans le mouvement de 89 se dégage et resplendit dans la brillante période du Consulat. — La nation reconnaissante décerne une couronne au héros qui l'a sauvée de l'anarchie.

La France est un moment à l'apogée de la gloire et de la puissance. Invinciblement poussée par un besoin d'expansion généreuse, elle déborde au milieu des nationalités qui l'entourent; « mais l'Empereur, ne craignons pas de l'avouer, se trouve, à

» cause de la guerre, entraîné à un exercice trop absolu du pouvoir [1] ; » une réaction terrible se produit, les races étrangères viennent à leur tour fouler le sol français, et l'Empereur s'achemine vers l'exil.

Les Bourbons donnent à la patrie des garanties libérales; mais quand, après quelques années, ils semblent vouloir confisquer la liberté, 1830 les renverse !

L'histoire contemporaine offre plus d'une leçon encore ! Le dernier roi chassé de son trône, n'expiait-il pas son origine révolutionnaire et ses torts envers les aînés de sa race? La bourgeoisie de 48, par ses terreurs, n'expiait-elle pas dix-huit années d'égoïsme et de corruption politique? Mais 48 n'a qu'un jour, et quand l'expiation est jugée suffisante, la Providence donne à la société un nouveau sauveur.

C'est ainsi que les sociétés expient, à des moments donnés, les fautes qu'elles ont commises; — mais Dieu, qui est après tout leur père, ne peut laisser périr l'humanité, il la prend, après chaque chute, dans ses mains toutes-puissantes, et lui fait faire un pas dans le champ de l'avenir.

Tel est le sens dans lequel nous croyons au progrès, non ce progrès continu, absolu, qui serait le fatalisme, mais ce progrès chrétien qui a pour base la confiance en Dieu.

II.

Avant le christianisme l'idée du progrès était inconnue aux historiens et aux philosophes : — Les sociétés naissent, croissent et meurent comme des hommes, disait Ocellus de Lucanie, disciple de Pythagore, pour être remplacées par

---

[1] Paroles de Napoléon III, le 29 mars 1852 (*Discours et Messages*, p. 225).

d'autres sociétés, comme nous serons, nous, remplacés par d'autres générations d'hommes.

Suivant les anciens, tout se reproduisait constamment dans le monde ; et les sociétés humaines, comme la nature physique, tournaient dans un cercle éternel et nécessaire : — Platon pensait que de grands cataclysmes venaient de temps à autre détruire la plus grande partie du genre humain ; il ne restait que quelques pâtres grossiers et brutaux sur les hautes montagnes. — La civilisation recommençait, lorsque le surcroît de population forçait les hommes de descendre sur les bords de la mer [1] ; alors naissaient les cités dont Platon, dans sa République, a essayé de décrire les révolutions circulaires. — Cette idée du mouvement circulaire appliquée à l'histoire, se retrouve dans la Politique d'Aristote, et fut longtemps après rajeunie par Vico, du prestige de sa profonde érudition. Vico avait remarqué, à différentes époques de l'histoire, le retour des peuples aux actes juridiques, aux formules, aux symboles matériels : il en avait conclu que l'humanité marchait, non pas en ligne droite, mais en cercle : « inspiration du génie, a dit M. Ortolan, généralisant sur de trop faibles éléments [2]. »

Herder est fataliste en histoire : pour lui, il n'y a pas de marche progressive, et, aveuglé par le panthéisme, il renferme Dieu lui-même dans le cercle de combinaisons qui doivent se reproduire toujours. Herder faisait jouer un grand rôle à l'influence des races et des climats, et cette doctrine a été adoptée par deux historiens modernes, MM. Augustin Thierry et Michelet.

Boulanger, Turgot et Condorcet jetèrent les premières bases d'une théorie du progrès.

L'école Saint-Simonienne s'en empara avec ardeur et lui donna de grands développements.

[1] Platon, Lois II.
[2] Ortolan, Généralisation du Droit Romain, p. 61.

De nos jours, il est advenu de l'idée philosophique de progrès comme de la plupart des idées nouvellement conçues; on en a abusé. Les inventeurs de systèmes ont voulu importer dans leurs théories la déduction rigide des procédés mathématiques. Ils sont arrivés à des conclusions qui répugnent au bon sens et sont démenties par l'expérience.

Ainsi, il est constant que les peuples civilisés d'aujourd'hui sont bien supérieurs en moralité, en savoir, en bien-être aux peuples civilisés du moyen âge. La civilisation du moyen âge, doublée de l'élément catholique tout-puissant alors, dépassait les civilisations égoïstes de l'antiquité, toutes plus ou moins basées sur l'esclavage. — Mais, en déduire que l'humanité suit dans les siècles une ligne droite non interrompue de progrès et d'améliorations, c'est déifier chacun de ses actes, c'est proclamer la fatalité [1] : — autant vaudrait dire que les individus eux-mêmes s'améliorent invinciblement pendant la durée de leur existence : système absurde, qui serait après tout la négation du libre arbitre.

La conséquence de ces théories de progrès *continu, absolu* est désastreuse, elle conduit à de singuliers égarements dans l'appréciation des faits ; elle conduit encore à la réhabilitation des types qui répugnent le plus à la conscience des peuples, et à la glorification des époques les plus tristes de l'histoire.

Ainsi, pour l'historien calme et réfléchi qui juge son temps avec les inspirations d'une conscience dépourvue de partialité comme de haine, il est évident que les inspirations légitimes de 89 ont été ensevelies sous l'élément révolutionnaire. 93 fut un horrible chaos, et ce n'est qu'à la brillante époque du Consulat qu'il est possible de renouer le fil de la tradition vraiment nationale.

De brillants esprits se sont mépris, et parce que 93 suivait 89, parce que la terreur prenait la place du mouvement par-

[1] Ott. *Manuel d'Histoire universelle*, t. I., p. 34 et s.

lementaire et légal des dernières années de la monarchie, ils ont réhabilité la terreur, ils ont déifié ces sinistres tribuns qui, les pieds dans le sang, la tête au milieu des nuages de leurs théories, prétendaient renouveler le monde à coups de guillotine !

Il y a donc lieu de dégager l'idée de progrès, vraie en soi, des éléments délétères qu'y ont introduits des théoriciens mal-habiles, et de reconnaître que, si les sociétés progressent, ce n'est pas sans traverser des époques d'obscurité parfois, de défaillance souvent.

III.

A côté de ces aspirations vers le progrès, il ne serait pas sans intérêt de placer une tendance toute contraire, qui s'est manifestée à certaines époques de notre histoire, tendance à ramener au culte du passé, en le proposant comme le plus parfait de tous les types. Au point de vue des arts, cette ten-dance a été universelle : à part le moyen âge, qui seul peut-être vécut de lui-même, et, dans ses grossières productions artistiques, accuse une puissance admirable, l'art fut pres-que toujours grec ou romain. Jusqu'à nos jours la poésie, le théâtre, la littérature ont imité les formules antiques; et qu'était le romantisme à son début, sinon une tentative ré-trograde poussant à l'imitation du moyen âge?

Mais, au point de vue des mœurs et des institutions poli-tiques, il y eut de singuliers errements au début de la révo-lution française, précisément à l'époque où Turgot et Con-dorcet, formulant les premières lois de leurs théories progres-sives, soutenaient que la destinée de l'humanité était d'avancer sans cesse; c'est l'époque où, grattant les écussons, détrui-sant les archives, démolissant les châteaux et les églises,

2

voulant ressusciter Rome et la Grèce, la révolution n'entendait la liberté que sous les formes des antiques démocraties : bonnets phrygiens, faisceaux consulaires, déesses de la raison, tout cela pour aboutir aux tribuns, aux consuls, aux sénateurs, à César ! Epoque où surgissaient les républiques helvétique, ligurique, parthénopéenne ; où tout le monde s'appelait Brutus, Marius ou Timoléon ; où l'on plantait des arbres de liberté ; où l'on se promenait en costumes plus ou moins grecs ; où les orateurs des assemblées singeaient les harangues classiques : on avait gravé sur les sabres de la garde nationale un vers altéré de Lucain :

Ignorantne datos ne quisquam serviat enses ?

On parodiait un vers de Voltaire pour justifier la loi des suspects :

Arrêter un Romain sur un simple soupçon
Ne peut être permis qu'en révolution.

La traite des nègres rétablie à Saint-Domingue se justifiait par les esclaves de l'antiquité.

Quand fut décrétée la confiscation des biens des émigrés, on rappelait que les Romains s'étaient déclarés héritiers de Ptolémée, de son vivant.

Saint-Just, dans ses Institutions républicaines, proscrit l'industrie comme indigne d'un peuple libre. M. de Tracy rapporte qu'en 92, un individu écrivait à un de ses amis : Je suis chargé de préparer un projet de constitution, envoie-moi les lois de Minos et de Lycurgue [1].

Un jour Vergnaud stigmatisa à la tribune ces maladroites tendances : « Vous voulez créer un gouvernement austère, pauvre et guerrier comme celui de Sparte ; dans ce cas, soyez conséquents comme Lycurgue ; comme lui, partagez les terres entre tous les citoyens, proscrivez les métaux, brûlez les

[1] César Cantu, Storia universale, t. I, p. 23.

assignats même : que la lutte soit le travail de tous les Français ; étouffez l'industrie, brisez tous les métiers utiles, déshonorez les arts, même l'agriculture ; ayez des étrangers pour faire votre commerce, des ilotes pour cultiver vos terres.... » Le bon sens parlait par la bouche de l'éloquent Girondin; il est aussi impossible de ressusciter les temps évanouis, qu'il est insensé, ainsi que le rêvent certains utopistes, de vouloir devancer la marche des siècles pour inaugurer un monde de perfection idéale.

IV.

« Plus l'humanité avance dans sa voie, a dit un historien moderne (César Cantu, *Histoire universelle*), plus elle ressent l'immense besoin du vrai, du beau, du bien ». Cette appréciation des besoins de l'humanité nous paraît complète. Le beau se manifeste dans les arts, le vrai dans la science, le bien dans l'état moral et politique des peuples. Il faudrait donc, à l'appui d'une théorie du progrès quelconque, suivre les sociétés dans leur longue marche à travers les siècles et vérifier si, effectivement, elles ont toujours progressé dans cette triple manifestation. — Il faudrait, en un mot, refaire l'histoire. Telle n'est pas notre prétention; nous voudrions seulement nous expliquer sommairement à nous-même en quoi, sous ces divers aspects, nous valons mieux que nos pères, — en quoi nos pères valaient mieux que ceux qui les ont précédés.

Les civilisations antiques ont pu réaliser de brillantes époques de liberté et de puissance; mais il ne faut pas perdre de vue que cette liberté et cette puissance ne se réalisaient qu'au profit d'un petit nombre. Tout l'échafaudage social et politique reposait sur l'institution de l'esclavage, institution bar-

— 12 —

bare qui mettait le plus grand nombre en quelque sorte hors
de l'humanité. Dans ces prétendues républiques, offertes, dans
les études classiques, aux jeunes imaginations, comme des
types parfaits de liberté, et qui n'étaient, après tout, que de
sauvages oligarchies, un bien petit nombre avait part aux
jouissances de la vie. Aux races nobles le soin des affaires
publiques, le maniement de la lance et de l'épée ; — à l'esclave, pauvre déshérité de la famille humaine, les travaux industriels, la culture du sol sans l'espoir de récolter à son
profit. Voyez de quel dédain les grands esprits de l'antiquité
couvrent l'artisan qui s'est fait une place si large dans la civilisation moderne. « Que faire, disait Xénophon, d'hommes
cloués tous les jours sur un métier à tisser ? » L'homme libre
n'aurait eu garde de se livrer aux travaux du commerce et
de l'industrie. « Il ne convient pas, dit Cicéron, que le peuple
dominateur du monde en soit le négociant. » Aussi, le jour
où l'esclavage disparaît devant la lumière du christianisme,
la civilisation antique, sapée par sa base, chancelle et tombe.
Et puis, le polythéisme, qui divinisait les passions, provo-
quait à tous les débordements de la débauche. De là ces vices
sans nom, ces orgies honteuses, ces appétits sauvages, qui
mêlaient à la soif des voluptés la soif du sang ; ces égorge-
ments de captifs, ces combats de gladiateurs, hécatombes
sanglantes où l'immolation des races conquises servait d'amu-
sement et de jouet aux imaginations blasées des races conqué-
rantes. Ce qu'il y avait de pur et d'honnête dans les cœurs,
avait bien, dans les derniers temps de l'empire romain, trouvé
un élément dans le stoïcisme. Mais qu'était le stoïcisme, sinon
le dernier cri du désespoir et, disons-le, de l'égoïsme, —
l'homme, en un mot, se réfugiant dans le suicide en mépris
de la vie et de lui-même ?

Le moyen âge fut autrement moral et fécond que ces époques sanguinaires. Le christianisme osait dire que tous les
hommes étaient frères et les conviait sans exception au ban-

quet de l'avenir. Ce n'était déjà plus le temps où un roi barbare, convié aux délices de Rome, s'en retournait tristement ému de ces spectacles étranges, en disant : Où donc est le peuple? — où l'on voyait 700 gladiateurs au triomphe de César, 11,000 lions au triomphe de Trajan, les magnificences de Lucullus, les banquets de Vitellius, et pas un asile où le pauvre pût abriter sa tête! — Aujourd'hui, le dogme de la fraternité humaine est révélé au monde, et si le fait ne se réalise pas tout d'abord, le droit, au moins, est proclamé. — Rien de beau comme l'organisation féodale ramenée à sa pureté idéale : « Merveilleux système, a dit M. Michelet, dans lequel s'organisèrent et se posèrent en face l'un de l'autre, l'empire de Dieu et l'empire de l'homme; la force matérielle, la chair, l'hérédité, dans l'organisation féodale; dans l'Église, la parole, l'esprit, l'élection. La force partout, l'esprit au centre, l'esprit dominant la force. » — Voyez, d'ici, ce petit clan de cultivateurs et de serfs s'abritant à l'ombre du manoir féodal, supposez le seigneur inspiré par l'amour du bien, il rendra, comme saint Louis, la justice sous un chêne et protégera, s'il le faut, par le glaive, le troupeau confié à sa garde. Qu'il soit injuste et oppresseur, c'est au monastère, à l'église bâtie non loin de là, que le serf et le vilain iront frapper; ils en appelleront à cette sainte mère, l'Eglise catholique, qui veille sur eux. L'orgueilleux dominateur sera appelé au tribunal de l'esprit, et, menacé de l'excommunication, il courbera la tête sous la sentence qui le condamnera. Il y a plus, ce serf, ce vilain, pourra se retirer du monde, se faire homme de Dieu; et peut-être un jour sera-t-il Pierre l'Ermite, saint Bernard, Grégoire VII, et entraînera-t-il les peuples et les rois au souffle de sa parole puissante!

Certes, une société constituée de la sorte eût été une admirable chose. Malheureusement, elle se pervertit par l'abus de la force et n'atteignit jamais l'idéale réalisation qu'on en espérait. La chevalerie elle-même, si longtemps populaire, ne fut jamais en fait ce que l'avaient rêvée l'imagination des poëtes et celle des peuples.

Toutefois, l'organisation féodale, dût-on la considérer comme tyrannique, en morcelant la tyrannie qui pesait sur les populations, morcelait par cela même les foyers de la vie publique et préparait sans le savoir l'émancipation future. En abandonnant les villes aux artisans et aux industriels, elle laissait place à l'organisation des communes; aussi, à mesure que la féodalité perdait pied, naissaient, par l'enchaînement logique des faits, les franchises et les immunités qui sont les fondements primitifs des libertés nationales. Ce fut pendant ce moyen âge, que certains esprits se complaisent à peindre comme une époque d'oppression sans bornes, que naquirent les constitutions politiques et la grande charte d'Angleterre, et les Établissements de saint Louis, les Codes maritimes de la Provence et de l'Italie.—Voyez déjà se constituer ce tiers état, cette bourgeoisie à laquelle appartiendra l'avenir. — « Au congrès de Pontida, ou à la paix de Constance, sous les chênes de Truns, ou dans la prairie de Rutli, s'offrent à nous des hommes simples qui, au nom du Dieu créateur du noble et du vilain, jurent de défendre les coutumes et les franchises de la patrie. — Dans les conciles, la religion se fait la tutrice des droits de l'homme.—Vous saurez ce que c'est que le peuple au Withenagmot de la Grande-Bretagne, aux cortès d'Espagne, à celles de Lamégo, où une nation au berceau dicta le statut du Portugal, qui n'a rien à envier aux chartes improvisées de nos jours. » (César Cantu, t. VII, p. 44.)

Et puis, comme le Christianisme a épuré les mœurs, parmi les Gibelins les plus impitoyables vous ne rencontrerez plus un Domitien ou un Caracalla; vous ne trouverez pas dans toute cette époque un froid massacre pareil à ceux que firent le clément César à Amiens, Titus, les délices du genre humain, à Jérusalem; une dévastation calculée comme celles de Tarente et de Carthage.—L'inquisition elle-même n'a rien de comparable aux persécutions exercées contre les premiers chrétiens.

Cependant, que de souffrances à guérir! quel long cortége de races maudites, de créatures souffrantes, exclues de la participation aux bienfaits de la société, serfs, mendiants, lépreux, sorciers, hérétiques, bohèmes, cagots, zingaris! que de types dressés comme autant de fantômes aux yeux de l'historien épouvanté! Certes, si la fraternité humaine est proclamée en dogme, bien s'en faut qu'elle ne soit réalisée dans les faits.

Viennent les temps modernes, et cette réalisation marchera à grands pas; le servage disparaîtra peu à peu. A mesure que les esprits s'éclairent, les préjugés disparaissent; les inégalités sociales tendent à s'évanouir, l'égalité devant la loi se réalise peu à peu. Les monarchies absolues, par la convocation plus fréquente des états généraux, préparent l'ère des monarchies constitutionnelles; et, quand l'heure de l'émancipation des peuples a sonné, surgit le mouvement de 89, mouvement admirable s'il n'était obscurci par les saturnales de la terreur.

La révolution rappela les sociétés à cette idée de la fraternité humaine qu'elles semblaient avoir désapprise, et voulut la réaliser dans les institutions. — Le premier moment fut sublime de mutuels sacrifices et d'abnégation réciproque. Les priviléges tombèrent comme d'eux-mêmes; les derniers vestiges de la féodalité s'effacèrent. On crut un moment qu'il n'y aurait plus ni opprimés ni oppresseurs, seulement des citoyens et des frères; les peuples étrangers eux-mêmes étaient conviés à cette universelle fraternité.

De cet élan sortirent d'admirables résultats. Malheureusement les hommes se laissent aller volontiers à l'impatience et à l'orgueil; ils s'imaginent avoir par eux-mêmes mis au monde les révolutions, tandis que Dieu a tout fait. Ivres du résultat et d'une victoire qu'ils s'approprient, ils veulent dépasser le but ; ils oublient qu'à la Providence seule, maîtresse des destinées humaines, il appartient de sonner l'heure à laquelle l'état social des peuples se modifie. Alors naissent les sectaires, les utopistes, et étonnez-vous que ces gens-là n'entassent que des ruines et compromettent les meilleures causes !

L'absolu n'est pas de ce monde. Si l'homme pouvait dès aujourd'hui réaliser le parfait bonheur, la meilleure forme sociale, la raison d'être de l'humanité n'existerait plus, parce que son but d'activité serait anéanti.

Qu'on se résigne donc aux imperfections de l'état social, et, sans abdiquer pour cela l'initiative du citoyen, les généreuses aspirations de l'homme libre, qu'on s'en remette un peu plus à la Providence et à ses immuables décrets. On reconnaîtra alors de combien nos institutions dépassent celles de nos pères, et l'on en remerciera Dieu. — En donnant à tous une participation plus grande au soin des affaires publiques, à chacun la possibilité de s'élever par son activité individuelle aux rangs élevés de la hiérarchie, les institutions modernes ont répandu dans les masses un plus grand respect de soi-même, une plus grande somme de moralité. — Il ne manquera pas d'esprits chagrins qui viendront déclamer contre les plaies du siècle. Eh mon Dieu ! jamais l'humanité ne sera parfaite : il y a eu à toutes les époques des vices et des turpitudes. Nous avons souvent mérité que le fouet de la satire vînt nous frapper en plein visage ; et, s'il y avait encore des prophètes comme au temps des patriarches, que de fois ne pourraient-ils pas nous rappeler à l'observation des lois divines ? Mais, s'il est vrai de dire qu'il y a peut-être moins aujourd'hui de ces grands exemples que l'histoire enregistre avec orgueil, on doit dire encore qu'il y a moins de vices et que la somme de vertu s'est étendue à un plus grand nombre. Ce qu'il faudrait à ce siècle, ce serait moins d'orgueil, un moindre abus de la raison humaine, une foi plus vive.

Depuis que le monde est sorti des mains du Créateur, il est, en effet, deux éléments qui n'ont cessé de se combattre : la raison et la foi. Leur développement, leur antagonisme, c'est l'histoire de l'humanité, lutte ardente qui nous prend au berceau, qui ne cesse qu'à la tombe; et cependant, lutte féconde qu'on ne saurait supprimer sans éteindre le foyer même de l'activité humaine.

Annihilez l'un de ces éléments au profit de l'autre : voyez à quels déplorables résultats vous arriverez! Foulez aux pieds la raison, couvrez-la de vos mépris, vous aurez le mysticisme, la contemplation, l'anéantissement de l'activité intellectuelle!

Anéantissez la foi au profit de la raison, vous aurez tout d'abord de magnifiques élans d'indépendance et d'orgueil; l'homme ivre de sa puissance ne foulera que des roses et poursuivra avec entraînement les déductions de sa pensée. Mais, hélas! quel réveil! être imparfait et fragile, cette raison dont il était si fier lui fera défaut. Ses sens le tromperont; lui qui croyait trouver la lumière, il ne rencontrera que les ténèbres. Il avait voulu créer l'harmonie, il n'enfantera que le chaos; alors le désespoir le prendra, et vous aurez Don Juan, Faust, Werther et tous ces types sataniques mis en scène par l'imagination des poëtes, et qui ne sont malheureusement que l'image exacte de l'homme auquel il a manqué la foi.

Terrible dilemme! l'homme ne trouvera-t-il donc jamais la vérité? Qu'il s'abandonne à la toute-puissance de la foi, qu'il cède à l'entraînement du rationalisme, la nuit se fera-t-elle donc inévitablement dans son intelligence et dans son cœur!

Non! ces deux éléments ne seront pas inconciliables, et il sera possible à l'homme de donner place à l'un et à l'autre.

Par delà le temps, l'espace et le monde, Dieu est, Dieu le créateur de toutes choses, Dieu qui est par lui-même l'immuable vérité.

La mission de l'homme, aussi bien que celle des sociétés, est de chercher Dieu, c'est-à-dire la vérité. Or, dans le travail incessant, l'activité humaine s'exerce de deux manières : *à posteriori*, c'est-à-dire par les déductions de l'esprit, par le développement rationnel des idées premières que Dieu a déposées au fond de l'intelligence. Tel est le procédé applicable aux sciences mathématiques, sciences qui produisent la certitude.

L'activité humaine agit encore *à priori*, c'est-à-dire que sans le secours de la science, de la réflexion, du raisonnement, elle arrive parfois à la connaissance de vérités qui lui sont spontanément inspirées par une révélation supérieure. Si l'on ne savait pas que Dieu est derrière elle, on pourrait croire qu'elle devient *créatrice*. Ce sont ses moments les plus sublimes. C'est par ce procédé qu'elle agit dans les arts (Poëte, Ποιητής, créateur, ne veut pas dire autre chose). L'humanité connaît alors la foi ! Elle obéit encore à cet élément lorsqu'elle s'abandonne d'enthousiasme à la main qui la guide, qu'elle suive Jéhovah dans la terre de Chanaan, Pierre l'Ermite aux croisades, Alexandre, César ou Napoléon sur les champs de bataille !

Ces deux procédés ont chacun leur raison d'être ; mais lequel des deux doit se subordonner à l'autre ?

A Dieu ne plaise que nous voulions proscrire la raison humaine ! Dieu nous l'a donnée, il serait impie de la rejeter comme un instrument inutile, ce serait de l'ingratitude. N'oublions pas cependant que l'homme est borné : borné par l'espace, puisqu'il ne peut rien en dehors du monde ; borné par ses sens, qui ne peuvent s'exercer que dans certaines limites ; borné par le temps, puisque, à chaque minute de son existence, la tombe est là qui le réclame ; et nous comprendrons alors à quel moment la foi doit intervenir. Et quelle honte y a-t-il à l'homme de s'abandonner à la puissance de cet élément, de s'avouer vaincu par un Dieu ! et même, quand la foi s'exerce vis-à-vis d'un autre homme; quelle honte, si cet homme est un héros ou un saint! La foi n'est-ce pas encore l'amour que vous portez à votre mère et à vos enfants, la confiance en l'ami que vous chérissez? La foi n'est-ce pas, après tout, le repos qui suit la fatigue, le port qui vous abritera contre l'orage?

Sans doute, la foi sans la raison serait l'anéantissement de l'activité humaine; mais la raison, sans la foi, ne serait-ce pas aussi l'image du navigateur errant sur l'onde, privé de l'étoile qui doit le guider dans sa marche incertaine?

Or, ce qui manque à ce siècle, c'est la foi. Peut-être a-t-il pour lui l'honnêteté et la droiture; mais il a abusé de la raison et il s'égare. Le jour où il retrouvera la foi, il sera grand; et il la retrouvera, car les avertissements ne lui ont pas manqué; il lui a été donné d'entendre la grande voix de Lacordaire et celle du Lamennais qui écrivit un jour le livre de l'indifférence en matière de religion.

V.

Il n'est venu à l'idée de personne de contester les immenses progrès réalisés dans le domaine de la science. C'est que dans ce domaine, la raison pure peut se jouer à l'aise, elle est presque sûre d'arriver à la certitude; aussi que de merveilles, que de noms glorieux! L'univers presque entier décrit et connu; Humbolt écrivant son *Cosmos* après avoir parcouru le monde et observé la nature, du sommet des plus hautes montagnes et du fond des retraites les plus inaccessibles; — Cuvier interrogeant les entrailles de la terre et reconstruisant par la pensée des générations entières d'êtres ayant précédé la venue de l'homme; — Lavoisier, Berzelius, Liebig,

Dumas créant la chimie; — Melloni, Becquerel, Faraday, Œrstedt, Davy soumettant à la volonté humaine les fluides impondérables;—le télégraphe électrique traversant les mers; — de Jussieu, de Candolle renouvelant la botanique; — Haller, Bichat, Dupuytren, la physiologie et la médecine; — Delambre, Herschell, Leverrier plongeant dans l'immensité des cieux et faisant surgir des mondes inconnus.

Parlerons-nous des merveilles réalisées par les machines à vapeur, « ces géants intelligents auxquels vous présentez un chiffon de papier, et qui vous rendent un livre imprimé [1]? » En 1833, on a calculé que les machines d'Angleterre faisaient le travail de 400,000 hommes. Au moyen de la vapeur, l'homme dessèche les marais, tarit les puits et les mines, fait jaillir des fontaines, domine les mers et les vents, parcourt la terre avec une vélocité impossible aux moteurs animaux.

Dans un ordre moins élevé, que d'inventions utiles, que de préparations nouvelles, venant contribuer au bonheur matériel des peuples! Voyez d'ici l'antiquité privée de télé-graphes, de postes, du papier, de l'imprimerie, des lettres de change, des lunettes et autres instruments qui doublent la puissance des sens, des métiers, des préparations chimiques qui contribuent à la santé, à la beauté, aux plaisirs, et dites si les anciens étaient plus riches et plus heureux que nous [2]!

A mesure que l'on envisage les sciences plus purement philosophiques, on s'étonnera de trouver moins de certitude et moins de progrès réalisés. Cela tient à ce que, dans ce nou-veau domaine, l'aliment rationnel ne peut plus se suffire à lui-même; aussi la philosophie prétendue sociale et politique a-t-elle donné le triste spectacle des aberrations auxquelles peut conduire l'orgueil qui cherche à s'affranchir de toute entrave. Et cependant il ne faut pas être injuste, quelques-uns

---

[1] Belime, *Philosophie du Droit*, t. I, page 173.
[2] Cantu, t. XIV, p. 29.

de ces utopistes ont été de bonne foi ; obéissant sans le savoir à cet instinct du bien que Dieu a déposé au fond de notre cœur, ils ont parfois laissé tomber de leur pensée quelques idées fécondes, malheureusement noyées dans les interminables rêves de leur imagination aveuglée ; et puis leurs erreurs n'ont-elles pas eu ce résultat, d'une part de rappeler les gouvernements à la sollicitude pour les classes laborieuses, de rappeler les sociétés aux idées fraternelles ; d'autre part, de dessiller les yeux des gens faibles, mais honnêtes, en leur montrant où peut conduire l'abus du rationalisme. L'écueil que nous venons de signaler, est moins grand dans les autres sciences qui, sans avoir de rapport avec les sciences expérimentales et mathématiques, s'appuient cependant sur des faits accomplis, et non pas seulement sur les divagations d'une imagination plus ou moins fourvoyée. Ainsi la science historique a fait d'incontestables progrès ; autrefois un exercice purement déclamatoire, elle est devenue une véritable science, appelant à son secours toutes les branches du savoir humain, l'archéologie, la numismatique, la science héraldique, la philologie, la science des hiéroglyphes, l'ethnographie, la linguistique, la géographie, etc. — Il serait superflu de citer des noms illustres. — Il y a plus, la science historique a exercé une salutaire influence en ramenant les utopistes à une étude plus approfondie des transformations que subissent les peuples, de leurs besoins, de leurs tendances ; elle a fixé bien des systèmes qui ne demandaient qu'à s'égarer dans le vague et l'idéal. — C'est ainsi que la science du droit, en s'emparant des données de l'histoire, en respectant les traditions chères au génie des nations, devient plus pratique, plus morale, plus soucieuse de la moralité des peuples.

En somme, des progrès de la science, de l'amélioration des institutions sociales, est résulté pour les masses une plus grande somme de bien-être. Sans doute, le bonheur absolu sur la terre est un songe, et jusqu'à la fin la vie sera remplie de besoins et d'infirmités; ni les prodiges de l'industrie, ni les secrets de la science, ne la soustrairont aux maladies et aux douleurs. Le bonheur ne sera jamais qu'un terme relatif, et la société s'en rapproche de plus en plus.

M. Guizot disait, il y a quelques années : « Je ne nie pas que la société ne contienne et ne doive pas contenir toujours des petits et des grands, des pauvres et des riches, et qu'il n'y ait beaucoup à faire, beaucoup plus que ne le croient les plus ambitieux, pour l'amélioration morale et matérielle du plus grand nombre. Mais la situation réciproque des petits et des grands, des riches et des pauvres est réglée aujourd'hui avec justice et libéralité. Chacun a son droit, sa place, son avenir, et quant aux progrès futurs l'espace est libre devant nous, espace immense que nous mettrons des siècles à occuper régulièrement par l'ordre et par la paix ! »

Le passé si sombre et si douloureux des classes ouvrières a subi une transformation complète et heureuse. — L'ouvrier des sociétés antiques n'était pas un homme, c'était un esclave, une chose; — l'ouvrier du moyen âge, attaché à la glèbe, était héréditairement lié au sol qu'il arrosait de ses sueurs; — l'ouvrier des corporations était emprisonné par les statuts dans un cercle qu'il ne pouvait franchir. Aujourd'hui, sur les 200,000 ouvriers que renferme Paris, on compte 64,000 patrons, et sur ce nombre 20,000 sont arrivés à la position qu'ils occupent, par leur intelligence et leurs labeurs.

Qui reconnaîtrait aujourd'hui ces cultivateurs dont parle Labruyère : « L'on voit certains animaux farouches, des mâles et des femelles, répandus par la campagne, noirs, livides et tout brûlés du soleil, attachés à la terre, qu'ils fouillent avec une opiniâtreté invincible. — Ils ont comme une voix articulée, et, quand ils se lèvent sur leurs pieds, ils montrent une face humaine, et, en effet, ils sont des hommes ! Ils se retirent la nuit dans des tanières où ils vivent de pain noir, d'eau et de racines ! »

Vous lirez dans le livre de la *Propriété*, de M. Thiers, livre taxé à tort d'égoïsme et d'insensibilité, les progrès que les classes pauvres ont faits en bien-être, qu'elles font journellement, qu'elles feront encore, car il y aura toujours des misères à soulager. — Mais ne faites pas de ces besoins le texte de déclamations intéressées ; ne faites pas des passions populaires un moteur pour porter au pouvoir des tribuns qui, une fois leur orgueil satisfait, seront mille fois plus aveugles que ceux qu'ils auront renversés ; car peut-être auront-ils de moins la bonne foi, l'honnêteté, et, philanthropes de la veille, devenus les égoïstes du lendemain, ils seront emportés par le flot qu'ils auront déchaîné.

VI.

On s'est demandé si notre siècle pouvait citer quelques grands noms d'artistes?

Où sont nos musiciens? — Au commencement de ce siècle ont vécu Beethowen, Weber, Schubert ; ils sont morts, et leurs œuvres immortelles excitent les transports d'admiration de l'Europe tout entière. La cendre qui les recouvre est à peine refroidie que déjà Mendelshonn et Onslow ont été les rejoindre. Cherubini vient de mourir, mais Spohr survit aux beaux génies dont il continue la chaîne dorée. Allez dans nos théâtres, vous tressaillirez en entendant les œuvres puissantes de Meyer-beer ; Bellini vous arrachera de douces larmes, et Rossini vous fera traverser tous les incidents des passions humaines. — Allez dans nos concerts, peut-être entendrez-vous Vieux-Temps, plus grand à lui seul que Viotti, Rode et Kreutzer tout ensemble. Vous avez appris hier que Chopin était mort penché sur son clavier d'ivoire, quittant sans regret ce monde qui ne l'a pas compris.

Où sont nos peintres? — Demandez à Decamps, à Ingres, à Delaroche, à Delacroix, à Ary Scheffer, à Meissonnier, à Couture, à cette brillante école de paysagistes, qui fait la gloire et l'ornement de nos musées. Interrogez la cendre de Léopold Robert, celle de Johannot. Passez le Rhin ; contemplez dans leurs œuvres Owerbeeck, doux et suave comme Raphaël; Cornelius et Schnorr, puissants et sauvages comme Michel-Ange !

Où sont nos sculpteurs, nos architectes? Pradier vient de mourir, et l'on se demandera un jour s'il ne fut pas un Grec de l'antiquité égaré dans notre âge. Rauch et Schwanthaler émerveillent l'Allemagne par leurs œuvres puissantes! Le 18 octobre 1842, les arts ont fêté l'ouverture de la Valhalla, le plus vaste édifice de l'Europe, consacré par le roi de Bavière à toutes les illustrations de la patrie allemande.

Où sont les poètes, les romanciers? — Byron, Châteaubriant, Manzoni, Walter-Scott, Schiller, Goëthe, Hebel sont morts; mais nous avons Lamartine, Béranger, Ulhand, Kerner, et toute cette brillante pléiade de poëtes dont chacun fit son chef-d'œuvre par un beau jour d'inspiration et de jeunesse. Hier encore, Nodier écrivait ses contes, et Balzac, ses profondes études du cœur humain !

Certes, voilà des noms autour desquels il s'est fait du bruit, des hommes qui n'étaient sans doute pas dépourvus de génie, et cependant l'on vous dira : L'art est mort! la poésie se meurt! On admettra sans contestation les progrès de la science, on vous accordera que les mœurs ont gagné ; mais le progrès artistique sera nié par des esprits graves et sérieux, qui ne manqueront pas de vous représenter l'augmentation des connaissances positives et des jouissances matérielles comme incompatible avec le libre développement des arts.

L'art, vous diront-ils, c'est l'élan de l'âme qui souffre vers la lumière d'en haut. Le mobile de l'art, c'est le trait acéré de la douleur imprimant à l'artiste le besoin de s'élever, par la toute-puissance de l'imagination, à la contemplation d'un idéal qui n'est pas de ce monde.

« Pour ne prendre que les grands poëtes, a dit un célèbre écrivain, ne sont-ils pas tous venus après de grandes calamités publiques? Homère, après la chute de Troie et les catastrophes de l'Argolide; Virgile, après le Triumvirat; Dante avait été proscrit avant d'être poëte; Milton rêvait Satan chez Cromwell; le meurtre de Henri IV précéda Corneille; Molière, Boileau, Racine, avaient assisté aux orages de la Fronde. » (V. Hugo, préface des *Odes et Ballades*.)

Si du malaise social nous passons aux souffrances individuelles, quel long et triste martyrologe! Homère aveugle; Camoëns proscrit; Salvator errant dans les Calabres; Rembrandt poursuivi jusqu'au tombeau par les inquiétudes d'une âme agitée; Beethowen sourd; Pergolèze, Schubert, Bellini, Chopin, morts à trente ans, sans avoir joui de la couronne de gloire que leur réservait l'avenir!

Une preuve encore que la souffrance est la condition suprême du développement des arts, c'est que le christianisme, religion de sacrifice et d'abnégation, a produit au moyen âge des choses admirables, des merveilles que notre époque d'égoïsme et de soins matériels ne reproduira jamais. Donc, plus les jouissances privées s'agrandiront, plus l'ordre social, en se régularisant, laissera de place à la libre satisfaction des appétits, plus le domaine des arts se restreindra : ce que vous donnerez aux sens, vous l'ôterez à l'âme; l'esprit sera tué sous la matière, et l'art périra.

Telle est la théorie de certains esprits exaltés, vivant du passé, en dégoût de leur époque; — qui voudraient à tout prix remonter le courant des âges pour y chercher leur idéal : nobles esprits, sans doute; mais, âmes faibles et qui doutent, sans le savoir, de la Providence.

Il y a de cela 2,000 ans, Platon avait dit que l'art était

la recherche du beau, en ajoutant que le beau était lui-même la splendeur du vrai ! La spéculation philosophique ne rencontrera jamais une plus admirable définition. Par ces nobles paroles, Platon proclamait infini le domaine de l'art ! car la beauté, vous la trouverez partout, dans un rayon de soleil, dans une fleur, dans un sourire, aussi bien que dans le tumulte de l'Océan et le chaos des montagnes ; partout en un mot où la main du Créateur resplendira dans son œuvre : et que sera-ce « si votre esprit dégagé de la terre, s'élève par la foi jusqu'à cette beauté qui se communique sans s'épuiser, cette splendeur souveraine sans lever et sans coucher, cette jeunesse sans vieillesse, cette fleur qui ne se fane jamais, ce parfum qui jamais ne se dissipe, ce sourire qui jamais ne se convertit en pleurs, Dieu enfin, éternel modèle qui, sous une forme ou sous une autre, pose éternellement devant la pensée de l'artiste ! [1] » (E. Quinet, *Génie des Religions*.)

Compris à une telle hauteur l'art devient infini et éternel comme Dieu même, et à ce titre il existera avant et sans l'homme. Reportez-vous par la pensée à un de ces magnifiques tableaux de la nature dont parle Humboldt, que ce soit un lever de soleil sur la montagne, un glacier de la Suisse, une forêt vierge, une chute d'eau, une savane du nouveau-monde, une tempête sur le vaste Océan, et dites si l'art n'existe pas sans l'homme. Faites plus ! assistez par l'imagination à l'œuvre des sept jours, Dieu faisant jaillir les mondes du sein de son éternelle pensée, dites encore si, avant l'homme, l'art et la poésie n'existaient pas, et si l'homme lui-même, statue admirable parce qu'elle est intelligente, ne fut pas la plus belle œuvre d'art sortie des mains de l'immortel statuaire !

L'art dérive si bien d'une source antérieure et supérieure à l'homme, que cette origine suffit pour imprimer aux œuvres

---

[1] Voyez, pour ce qui concerne les révolutions artistiques, l'admirable chapitre de M. E. Quinet : *Génie des Religions*, VI, p. 112-135.

qu'il inspire le cachet de l'immortalité. Une toile vit plus qu'un empire, un livre ou un monument survivent à un peuple. La Grèce antique, a dit un penseur, est brisée en pièces, et la statue de Niobé est encore à cette heure debout comme une veuve sur son sépulcre! L'empire romain où est-il? — Dans la poussière de la campagne de Rome; et la statue du Gladiateur lui survit, qui de ses lèvres de marbre sourit à cette disparition de tous les spectateurs du Cirque.

Le Type [1] de l'art est donc éternel et immuable, et ce que nous disons de l'art, nous pourrions le dire de la morale et de la science. Car le Type de la morale est le bien absolu, le Type de la science est le vrai absolu, de même que le Type de l'art est le beau absolu : trois types éternels, qui ne se trouvent qu'en Dieu.

Mais, nous dira-t-on, vous ne sauriez nier que certaines époques de l'histoire ne se soient trouvées, comparativement à d'autres, dans un état de supériorité ou d'infériorité relative. Loin de nous cette pensée. Mais qu'est-ce donc qui variait et se transformait ainsi dans le temps? Etait-ce le Type du beau, celui de la vérité, celui du bien? Idée bizarre, qui ferait progresser des principes immuables, qui ferait progresser Dieu lui-même! Idée que vous trouverez pourtant au fond de toute philosophie panthéiste, et, sans aller plus loin, dans celle de deux contemporains illustres, je parle de Schelling et de Hegel. Ce qui se transforme, ce n'est pas le principe, c'est l'application qui en est faite.

Aussi, quand les critiques se récrient et nous mettent au défi de citer, au xixe siècle, un Homère ou un Phidias, n'hésitons-nous pas à répondre que si le Type de l'art est impérissable, nous n'avons garde de le confondre avec l'art en tant que réalisation humaine, et nous avouerons que, comme

---

[1] *Type* est pris dans le sens qu'y attachait Platon. Seulement, le type, au lieu d'être coexistant et séparé par rapport à la Divinité, se trouve en elle.

tel, il est sujet à des défaillances et à des transformations ; seulement, ces transformations se réglant sur le génie et les institutions des peuples, sont elles-mêmes une preuve de sa profonde vitalité.

Ainsi, les sociétés orientales, berceau du genre humain, vécurent sous l'empire d'un vaste panthéisme, qui, au lieu de montrer Dieu dans la créature, ainsi que procèdent les panthéistes modernes, absorbait au contraire la créature en Dieu. Il en résulta, que chez ces peuples, il n'y eut aucun art qui put rappeler l'individualité humaine. Tout se résuma dans une architecture colossale, où la figure de l'homme ne laissa jamais son empreinte. L'homme disparaît tellement, que l'Orient n'a légué à l'histoire aucun nom d'artiste : les œuvres sont le produit d'un siècle, d'une génération ; ce sont des œuvres collectives toujours.

La Grèce, au contraire, adora la personnalité humaine au point de la diviniser, aussi dut-elle produire les plus grands statuaires du monde. La statue que Pygmalion tire du marbre de Paros, et dont il s'éprend, n'est plus une femme, c'est une déesse ! Mais qu'arrive-t-il ? En divinisant le type, l'artiste grec l'immobilise ; la face humaine devient, pour ainsi dire, un type de convention, type admirable, si vous le voulez, mais toujours identique à lui-même !

Le peuple romain, peuple guerrier et constructeur, excelle dans les œuvres architecturales ; mais elles se proposent presque toujours la glorification de la victoire ou un but d'utilité pratique : quand ce ne sont pas des arcs de triomphe et des capitoles, ce sont des ponts, des thermes ou des aqueducs ; pour le reste des arts, Rome se traîne à la remorque de la Grèce !

Le christianisme bouleversa de fond en comble le domaine de l'art. L'homme, que l'Orient avait annihilé dans le grand tout, que la Grèce avait déifié et immobilisé, pour ainsi dire, dans le repos céleste de l'Empyrée, se trouve brusquement ramené aux agitations de la vie terrestre , aux impressions diverses de temps et de lieu. La statuaire déchoit comme perfection du type, mais gagne par l'expression qu'elle met dans ses informes ébauches. On voit naître , pour ainsi dire , *la peinture*, avec ses variétés de tons et de couleurs ; *la musique*, le plus idéal des arts ; *l'architecture* chrétienne, revêtue de toutes ses splendeurs.

La cathédrale catholique devient la synthèse artistique par excellence, de même que le christianisme est la synthèse religieuse. « Elle est, a dit M. Fortoul [1], l'image et l'abrégé de l'univers, pour ainsi dire un monde nouveau, construit à l'exemple et au sein de l'autre monde , et contenant , à son image, sous des formes où l'esprit humain met son empreinte, tout ce que cet autre monde renferme et produit. »

Quelle que soit la dose de scepticisme ou d'indifférence que l'on ait puisée dans les habitudes du siècle et dans l'éducation, si toute étincelle sacrée n'est pas éteinte dans notre cœur, il est impossible qu'à un moment donné de notre existence, nous n'ayons pas ressenti l'émotion profonde qui se rattache à ces impérissables monuments de la foi qu'édifiaient nos pères.

Nous sommes entrés au déclin du jour dans l'enceinte d'une cathédrale gothique. Les rayons mourants du soleil se jouaient encore aux travers des vitraux, et pourtant on allumait les lampes dans le sanctuaire ; le temple était vide , et nous étions seuls, non pas complétement, car il y avait avec nous l'idée de l'infini, de la Divinité, qui nous étreignait de sa toute-puissance. Nous contemplions avec recueillement cette vaste nef, avec ses deux chapelles latérales en forme de croix ; nous interrogions du regard ce peuple de statues, ces saints drapés dans leurs manteaux de pierre, respirant l'ascétisme de la foi ; ces verrières éclatantes, secret perdu des

[1] *De l'Art en Allemagne*, t. I, p. 174.

anciens temps; ces fresques naïves peintes aux murailles. Nous nous reportions par la pensée à ces époques splendides, où des milliers de bras, où des générations entières, mues d'enthousiasme, travaillaient au saint édifice; où, pour toute récompense de ses travaux, le fidèle avait, avant de mourir, la consolation d'avoir prêté son bras à l'œuvre de salut; et puis, un beau jour, après cent ou deux cents ans, il se trouvait que les arrière-petits-fils avaient achevé l'œuvre commencée par leurs ancêtres : le prêtre bénissait son troupeau, consacrait la cathédrale, et l'on priait en commun pour ceux qui avaient travaillé à l'œuvre de pierre sans en avoir vu l'achèvement. Nous songions à tout cela, et déjà le temple s'emplissait; l'orgue, âme de l'édifice, faisait retentir sous les voûtes sonores un beau chant des premiers siècles de l'Église; puis venait la sainte poésie du prêtre : et nous avions compris comment le christianisme résumait toute loi, comment la cathédrale résumait tous les arts!

En résumé, le type de l'art est immuable, et comme tel ne peut périr : seulement, dans ses applications, l'art se transforme et offre ses moments de défaillance et d'obscurité.

Que se passe-t-il à notre époque? Il faut bien l'avouer, nous sommes dans un état d'infériorité relative, comparativement aux immenses progrès de la science, à l'amélioration des institutions sociales et à l'augmentation du bien-être matériel.

Cela tient à ce que, dans les arts, l'activité humaine procède surtout *à priori* par l'intuition, par la foi. Or, la foi nous manque, et sans la foi nous ne ferons jamais de grandes choses.

Ainsi, au point de vue artistique, l'architecture n'est plus. Nous avons sans doute des théâtres, des bourses, de magnifiques viaducs, des ponts, des usines; mais nous ne bâtissons plus de cathédrales. La cathédrale était la plus sublime efflorescence du génie chrétien. Or, le christianisme n'est plus dans nos cœurs. Amants passionnés de libertés politiques, ivres de rationalisme, nous avons désappris la foi de nos pères ; le jour ou la synthèse religieuse sera refaite, ce jour-là seulement s'achèvera la cathédrale de Cologne !

La musique est peut-être, de tous les arts, celui qui peut se passer le mieux d'une croyance précise et d'un symbole traditionnel ; aussi ce siècle a-t-il produit les plus grands musiciens du monde.

Il n'en est pas de même de la peinture ; aussi, tout en ayant de grands peintres, sommes-nous dans une époque de vague et d'incertitude. Overbeeck seul, de l'autre côté du Rhin, semble avoir renoué la chaîne de l'art chrétien.

Mais il est un art que nous avons surtout oublié, art auquel les modernes ne songent guère dans leurs théories, que les anciens n'avaient garde d'oublier jamais, et cet art souverain, comme l'a dit un contemporain dont il nous sera permis de citer avec admiration les sublimes paroles, « quel peut-il être, si ce n'est celui de la sagesse, de la justice, de la vertu, ou pour tout comprendre à la fois, l'art de la vie ? Chaque homme est un sculpteur qui doit corriger son marbre ou son limon jusqu'à ce qu'il ait fait sortir de la masse confuse de ses instincts grossiers une personne intelligente et libre, Socrate buvant la ciguë, saint Louis sur le lit de cendres, Jeanne d'Arc dans la mêlée, Napoléon à Arcole ; en un mot, quelque nom que vous lui donniez, le héros et le saint, voilà le dernier terme, le comble de la beauté sur la terre ; voilà le poëme, le tableau, l'harmonie par excellence ; car c'est une harmonie vivante : l'œuvre et l'ouvrier sont intimement unis et confondus ; il n'y a rien au delà, si ce n'est Dieu lui-même ! »

VII.

Je me résume.

Dans sa longue marche à travers les siècles, l'humanité cherche *Dieu ;* elle le cherche sous la triple manifestation du bien, du vrai, du beau ; elle a pour instrument dans ce travail obstiné, la raison ; pour soutien, la foi.

Lorsqu'elle s'est abandonnée sans réserve à la raison pure, elle s'est précipitée tête baissée dans les ténèbres de l'orgueil ; elle en a été punie par le doute, le scepticisme, les souffrances morales, la déchéance.

Pour être grande, l'humanité doit soumettre la raison au principe divin de la foi ; elle y trouvera sa force, sa consolation et son repos.

Quant aux désespoirs insensés qu'a pu faire naître chez certains esprits le spectacle des perturbations sociales, ce sont des insultes à la Providence.

Le but assigné à l'activité humaine est impérissable. Quand les sociétés voudront se relever de leurs chutes et de leurs défaillances, elles n'auront qu'à lever les yeux vers ce phare éblouissant qui est au ciel, et l'avenir leur appartiendra.

POITIERS. — IMPRIMERIE DE HENRI OUDIN.

www.ingramcontent.com/pod-product-compliance
Lightning Source LLC
Chambersburg PA
CBHW060905180626
46818CB00004B/1832